1906 (Décembre 17)

COLLECTION

DE FEU

M. P. CHAVANE

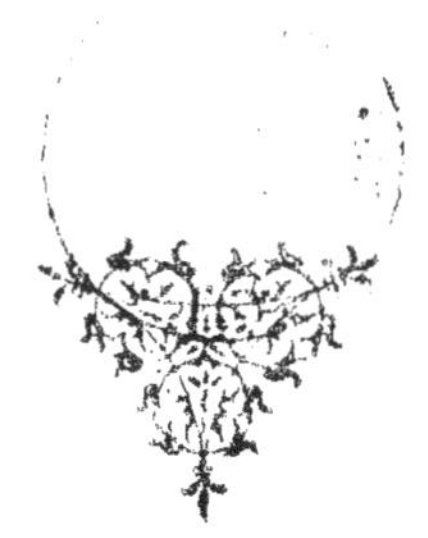

COLLECTION

DE FEU

M. P. CHAVANE

CONDITIONS DE LA VENTE

Elle sera faite au comptant.

Les acquéreurs payeront *dix pour cent* en sus des enchères.

Paris.— Imp. Georges Petit, 12, rue Godot-de-Mauroi. — 17122-06.

CATALOGUE

DES

Tableaux Modernes

AQUARELLES

PAR

CAZIN, CHAPLIN, COROT, COURBET, DAUBIGNY, DECAMPS
DELACROIX, DIAZ, DUPRÉ, FROMENTIN, HENNER, ISABEY, JACQUE, JONGKIND
GUSTAVE MOREAU, TH. ROUSSEAU, TROYON, ZIEM

BRONZES DE BARYE

TABLEAUX ANCIENS

DES

ÉCOLES ALLEMANDE, FLAMANDE, FRANÇAISE ET HOLLANDAISE

COMPOSANT LA

Collection de feu M. P. CHAVANE

ET DONT LA VENTE APRÈS DÉCÈS AURA LIEU A PARIS

HOTEL DROUOT, SALLE N° 6

Le Lundi 1[illegible] Décembre 1906

A DEUX HEURES

COMMISSAIRE-PRISEUR
Me F. LAIR-DUBREUIL
6, rue de Hanovre, 6

EXPERT
M. MAURICE MALLET
13, rue du Helder, 13

EXPOSITIONS

Particulière : Le Samedi 15 Décembre 1906, de 1 h. 1/2 à 6 heures.
Publique : Le Dimanche 16 Décembre 1906, de 1 h. 1/2 à 6 heures.

DÉSIGNATION

TABLEAUX MODERNES

AQUARELLES

CAZIN

(J.-C.)

1 — *Les Barques à marée basse, à Equihen.*

Signé à gauche, en bas : *J.-C. Cazin.*

Toile. Haut., 24 cent. 1/2 ; larg., 27 cent.

CAZIN

(J.-C.)

2 — *La Rue de village, effet de lune.*

La route s'étend, bordée à droite et à gauche par les maisons du village, maisons basses, aux toitures de tuiles brunes, aux façades percées de fenêtres et de portes droites. La lune brille : tout s'en trouve illuminé ; le ciel même devient bleu, piqué de place en place des clous d'or des étoiles. Sur la route, pas un être vivant ; cette grande lumière veille sur tout le sommeil qui s'abrite derrière le crépi des vieilles demeures.

Signé à gauche, en bas : *J.-C. Cazin.*

Toile. Haut., 38 cent. 1/2 ; larg., 46 cent.

N° 2. — CAZIN. *La Rue de village, effet de lune.*

CHAPLIN

(CH.)

3 — *Innocence.*

Une jeune fille assise, appuyée contre des tentures blanches : son torse virginal émerge de draperies roses et blanches; elle croise un fichu de mousseline sur sa poitrine et presse contre elle, de la main gauche, une rose pâle. Ses cheveux sont châtain clair, nattés et roulés en chignon; des mèches courtes et ondulées se sont échappées des bandeaux et voltigent sur le front. Le visage est délicieux de pureté et de grâce : mais la paupière à demi baissée indique que cette sommeilleuse rêve plus qu'elle ne sommeille.

De quoi peut-on rêver quand on n'a pas seize ans ?

Signé à gauche, en bas : *Ch. Chaplin.*

Toile. Haut., 41 cent.; larg., 33 cent.

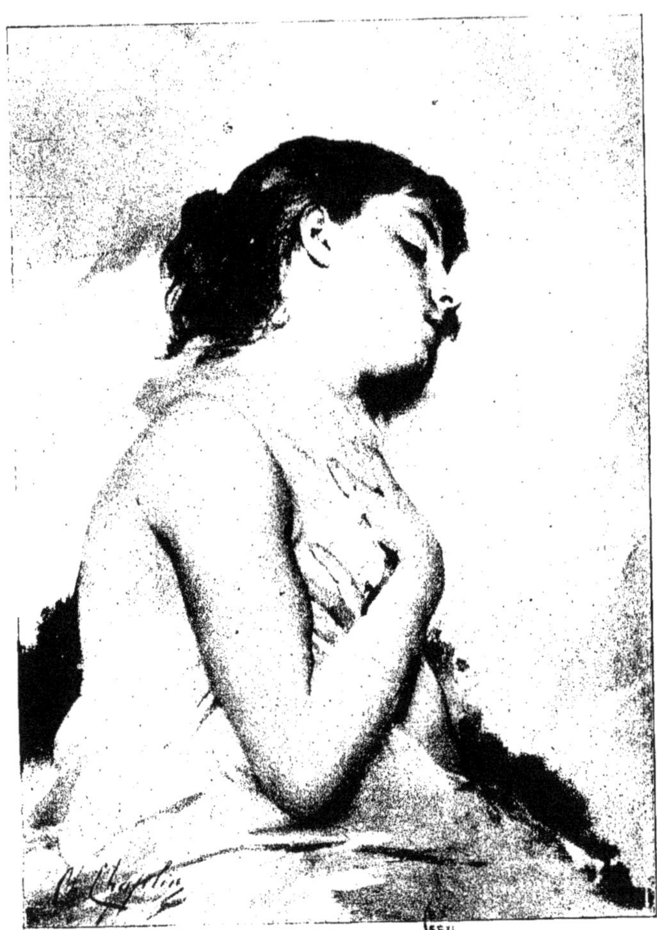

N° 3. — CHAPLIN. *Innocence.*

CHAPLIN

(CH.)

4 — *Modestie.*

Signé à gauche, en bas : *Ch. Chaplin.*

Aquarelle. Haut., 43 cent.; larg., 32 cent

COROT

5 — *Le Pressoir (à Domfront).*

A gauche, les constructions d'une ferme au toit de tuiles brunes, avec un bâtiment d'angle. Au milieu de la cour, un pressoir que l'on manœuvre à la meule. Sur le bord du pressoir, une femme est penchée, vêtue d'une jupe noire et d'un châle rouge, et coiffée d'une marmotte blanche. Le sol de la cour est tout hérissé d'herbe verte, dont le ton vif s'oppose au ton blond et velouté des feuillages d'arbres qui occupent le fond, à droite, sous un ciel délicieusement bleu, à peine marqué de quelques nuées blanches, diaphanes, fugitives.

Ce petit tableau est d'une qualité exceptionnelle.

Signé à droite, en bas : *Corot.*

Toile. Haut., 20 cent.; larg., 26 cent.

COROT

6 — *La Jeune fille au tablier rouge.*

Elle est assise, accoudée sur le bras gauche, et vue jusqu'à mi-jambe. Son bras droit pend naturellement sur son genou. Elle est vêtue d'une jupe brune que protège un tablier rouge, d'une sorte de gilet de velours foncé, retenu à la taille par une écharpe bleue. Sa chemisette, bas descendue, découvre en partie la poitrine. Ses cheveux châtains à reflets roux sont agrémentés d'un ruban bleu foncé. Le visage apparaît de trois quarts à gauche, les joues roses, la bouche aimable, le menton fin, le nez sensuel, les yeux grands, ingénument pervers. Derrière la jeune fille, on aperçoit un paysage boisé et sombre.

Toile. Haut., 46 cent.; larg., 32 cent. 1/2.

Vente de l'atelier Corot.

COROT

7 — *Le Matin.*

Au creux de la vallée, à peu de distance d'une mare, dont le miroir clair brille au milieu des herbes épaisses, la paysanne a mené ses vaches paître, et les bêtes, à robes brune, noire et grise, se sont dispersées. La femme s'est assise à gauche sur un léger pli de terrain ; elle est coiffée d'un bonnet rouge et vêtue d'un caraco bleu.

A droite, un massif de grands arbres se dresse, mettant de belles notes d'ombre sur le sol. A gauche, au-dessus des frondaisons des arbres qui grimpent au flanc de la colline, on aperçoit les maisons d'un village.

Dans le ciel clair montent des buées transparentes, émanées de la nature comme une expiration tendre.

Signé à droite, en bas : *Corot.*

Toile. Haut., 21 cent.; larg., 34 cent. 1/2.

Exposition du Centenaire de Corot (1895).

N° 7. — COROT. *Le Matin.*

COROT

8 — *L'Heure calme.*

C'est la fin du jour : le ciel plane, magnifiquement éclairé, au-dessus du pré qui s'étend au fond, et du lac qui miroite à gauche. Aux premiers plans, un pâtre garde ses bœufs : à droite, le sol est mouvementé et planté de grands arbres aux frondaisons protectrices.

Une sensation d'une infinie douceur se dégage de ce paysage exécuté avec un franchise robuste : la nature y apparait avec son caractère vrai, mais dans son interprétation la plus profonde, la plus complète, la plus parfaite.

Signé à droite, en bas : *C. Corot, 1862.*

Toile de forme cintrée. Haut., 68 cent. ; larg., 1 m. 35.

N° 8. — COROT. *L'Heure calme.*

COROT

9 — *Chaumière sur la falaise.*

A mi-côte, la chaumière s'abrite de la tempête et regarde la mer. Un bouquet d'arbres se dresse à droite. De belles clartés sourient dans le ciel rosé. Vers la gauche, une paysanne apparaît.

Signé à droite, en bas : *Corot.*

Toile. Haut., 19 cent. ; larg., 24 cent.

COURBET

10 — *Sous bois.*

Signé à gauche, en bas : *G. Courbet.*

A figuré sous le n° 82 à l'Exposition des œuvres de Courbet, à l'École des Beaux-Arts.

Toile. Haut., 46 cent.; larg., 55 cent.

DAUBIGNY
(CH.)

11 — *L'Oise, à Auvers.*

Au premier plan, la rivière coule, prenant à sa rive verdoyante et bordée, et au ciel où traînent des nuées grises, de beaux reflets pleins de frissons. Sur la berge, vers la gauche, une femme, agenouillée et le torse penché en avant, lave son linge. Du même côté, parmi les branches, on aperçoit une maisonnette toiturée de tuiles brunes. Au milieu, une passerelle rustique.

Signé à gauche, en bas : *Daubigny.*

Panneau. Haut., 20 cent. 1/2; larg., 32 cent.

DAUBIGNY
(H.)

12 — *Les Saules.*

Au bord de la rivière, les saules aux branches légères jaillissent du sol aux herbes drues : leurs panaches élancés se dressent sur le fond du ciel tout illuminé de la féerie du soleil couchant. Un vol d'oiseaux zigzague dans l'atmosphère limpide.

Signé à droite, en bas : *Daubigny.*

Toile. Haut., 33 cent.; larg., 24 cent. 1/2.

Collection Lavoignat.

DAUBIGNY

(CH.)

13 — *La Mer à Villerville.*

Sur le petit chemin qui va à la mer, entre une pente abrupte plantée de grands arbres à gauche et un pré à droite, un berger s'est arrêté : son chien est près de lui. L'homme, vu de dos, contemple le spectacle de splendeur qui se révèle à lui : sur le flot calme, des reflets de feu voltigent, et dans le ciel tout embrasé de lueurs fauves, les nuages, légers comme des duvets de colombes, s'envolent, montent, prennent mille formes, évoluent, se fondent dans l'infini.

Signé à droite, en bas : *Daubigny*.

Panneau de forme ovale. Haut., 18 cent.; larg., 14 cent.

N° 13. — DAUBIGNY. *La Mer à Villerville*

DECAMPS

14 — *Près du lieu saint.*

Signé en bas, vers la gauche : *Decamps.*

Toile. Haut., 44 cent.; larg., 64 cent. 1/2.

DECAMPS

15 — *Éléphant dans le désert.*

Aquarelle. Haut., 40 cent.; larg., 58 cent.

Vente de l'atelier Decamps.

Première pensée du tableau : *Éléphant et tigre,* de la collection T. Thiery.

DEFRANCE

16 — *Un Coin de rue à l'époque de la Révolution.*

Signé au milieu, sur une enseigne : *L. Defrance, de Liége.*

Panneau. Haut., 30 cent.; larg., 37 cent.

DELACROIX

(EUGÈNE)

17 — *Lion dévorant un caïman.*

Autour d'eux, le désert brûlant : le lion a saisi le caïman, et lui laboure les flancs de ses crocs, tandis que de ses deux pattes de devant aux griffes acérées, il lui maintient la queue immobile et la tête relevée, paralysant ainsi toute défense.

La figure du lion est d'une admirable expression de force, d'adresse et de férocité.

Signé à gauche, en bas : *Eug. Delacroix.*

Toile. Haut., 24 cent. 1/2 ; larg., 32 cent. 1/2.

Collection de la Baronne Nathaniel de Rothschild.

DELACROIX

(EUG.)

18 — *Roger enlève Angélique.*

Le chevalier, à l'armure sombre, au casque empanaché de plumes blanches, a délivré Angélique. Il presse contre lui le corps frêle et nu de la jeune femme, tandis que son cheval fabuleux aux larges ailes grises, franchit l'espace d'un vol héroïque. Le groupe se détache vigoureusement sur le fond du ciel d'azur traversé de nuées tragiques. Sous le cheval à la robe bai cerise et portant un tapis de selle rouge, on voit un paysage serein, un lac entouré d'un sol vallonné, et des montagnes qui se dressent à l'horizon.

Signé à droite, en bas : *Eug. Delacroix.*

Toile. Haut., 24 cent.; larg., 29 cent.

Collection de la Baronne Nathaniel de Rothschild.

Une des œuvres dont le maître a demandé le sujet au poème de l'Arioste. Catalogue Moreau, page 250. Catalogue Robaut, n° 1406. Vente posthume de l'atelier Eug. Delacroix (1864).

N° 18. — DELACROIX. *Roger enlève Angélique.*

DESGOFFE

(BLAISE)

19 — *Chez l'antiquaire.*

Sur une console de bois doré, à décor de chimères, le peintre a placé une épée, une plaquette d'émail, un calice en cristal de Bohême, une coupe de cristal, une bonbonnière, un petit buste à base formant cachet, une pièce de cuivre repoussé au marteau, des étoffes, etc., le tout se détachant sur un rideau de velours grenat.

Signé à gauche, en bas : *Blaise Desgoffe.*

Toile. Haut., 68 cent.; larg., 53 cent.

DESGOFFE

(BLAISE)

20 — « *Un coup de soleil dans mon atelier.* »

Signé à gauche, en bas : *Blaise Desgoffe.*

Toile. Haut., 32 cent.; larg., 40 cent.

DIAZ

(N.)

21 — *La Mare dans la clairière.*

A l'orée de la forêt, la mare se dessine au milieu du pré : au bord de la mare, une paysanne est arrêtée, debout, vêtue d'un chale gris sur une jupe bleue et d'un fichu rouge. Au fond, de grands arbres dont les frondaisons déjà mordorées se balancent sur le ciel clair.

Signé à droite, en bas : *N. Diaz*.

Toile. Haut., 18 cent.; larg., 26 cent.

DIAZ

(N.)

22 — *Nymphe et Amour.*

Elle était seule, dans la nuit claire, assise sur une pierre, ayant autour d'elle un décor de nature sauvage, et la lune grimaçait derrière un nuage en voyant apparaître son épaule nue, émergeant de la chemise glissée. Mais voici que, pour dissiper sa mélancolie, un jeune amour s'en vient poser sur son genou son pied léger et, dans un frémissement d'ailes, lui met sur la lèvre un baiser fripon. La belle regarde l'enfant avec tendresse et voudrait le retenir près d'elle. Un rayon de lune chante dans l'or de ses cheveux blonds et met des notes vives sur sa robe bleue.

Signé à gauche, en bas : *N. Diaz, 55.*

Panneau. Haut., 35 cent. 1/2 ; larg., 27 cent.

N° 22. — DIAZ. *Nymphe et Amour.*

DORÉ
(GUSTAVE)

23 — *Relai de chasse.*

Signé.

Vente Gustave Doré.

Toile. Haut., 92 cent.; larg., 1 m. 50.

DORÉ
(GUSTAVE)

24 — *Un Courant de truites (Highland).*

Signé à droite, en bas : *G^{ve} Doré.*

Toile. Haut., 51 cent.; larg., 79 cent.

Vente Doré, avril 1885.

DUPRÉ

(JULES)

25 — *Cabane de pêcheur au bord de la mer, à Cayeux.*

Dans le soleil couchant, on aperçoit la maisonnette au crépi blanc, au toit de chaume. A droite, plus bas que la falaise, c'est la mer immense et bleue, sous un ciel clair, largement mouvementé de nuages.

Du côté de la cabane s'avance une paysanne vêtue d'une jupe rouge et d'un caraco brun.

Signé à gauche, en bas : *Jules Dupré.*

Panneau. Haut., 12 cent.; larg., 25 cent.

DUPRÉ

(JULES)

26 — *Le Coup de vent.*

A gauche, à l'abri des falaises, un petit village aux cahutes basses et deux moulins. A droite et au premier plan, l'eau profonde, agitée, soulevée de vagues tumultueuses dont la crête se borde d'écume. Des barques de pêche s'y balancent, leurs voiles blanches gonflées par le vent. Dans le ciel, au-devant du fond d'azur, d'amples nuées blanches et grises s'envolent, rapides, multiples, tragiques.

Signé à droite, en bas : *Jules Dupré.*

Toile. Haut., 32 cent. 1/2 ; larg., 46 cent.

N° 26. — DUPRÉ. *Le Coup de vent.*

FRANÇAIS

27 — *La Seine à Bougival.*

Signé à droite, en bas : *Français, 1865.*

Toile. Haut., 35 cent.; larg., 48 cent.

FRANÇAIS

28 — ***Un Paysagiste aux environs de Plombières.***

Signé à droite, en bas : *Français, 79.*

Toile. Haut., 42 cent.; larg., 55 cent.

FROMENTIN

(EUG.)

29 — *Intérieur de cour arabe.*

Dans la cour, près de la fontaine de pierre, l'homme en gilet rouge étrille son cheval noir, au poil luisant, aux naseaux dilatés, à l'œil ardent.

A gauche, à l'ombre du mur au-dessus duquel le ciel apparaît bleu, des Arabes sont assis ou couchés, et se reposent. Au côté opposé, on aperçoit une femme debout, toute enveloppée de voiles, et, dans l'intérieur du gourbi, des hommes couchés et causant.

Signé à droite, en bas : *Eug. Fromentin, 55.*

Panneau. Haut., 30 cent.; larg., 54 cent.

N° 29. — FROMENTIN. *Intérieur de cour arabe.*

HENNER

30 — *Fabiola.*

Elle est vue de profil perdu à gauche, sa poitrine apparaissant dans l'écartement de la robe rouge et ses lourds cheveux châtain fauve roulant sur ses épaules.

La figure, vue jusqu'à la poitrine, se détache sur un fond bleu turquoise.

Signé à gauche, en bas : *Henner.*

Panneau. Haut., 27 cent. 1/2 ; larg., 22 cent. 1/2.

ISABEY

(E.)

31 — *Village de pêcheurs au bord de la mer.*

Signé en bas, vers le milieu : *E. Isabey.*

Toile. Haut., 61 cent.; larg., 50 cent.

JACQUE

(CH.)

32 — *Agneau et brebis.*

Dans le pré, un agneau blanc tétant sa mère.
Signé à gauche, en bas : *Ch. Jacque.*

Panneau. Haut., 7 cent.; larg., 7 cent. 1/2.

JONGKIND

33 — *Canal à Dordrecht, effet de lune.*

C'est la nuit, mais une nuit claire, avec le miroir de la lune pour illuminer les nuées qui passent dans le ciel, et la surface de l'eau agitée de mille petites vagues.

A droite, un quai planté d'arbres et le long duquel un homme manœuvre une barque. A gauche, l'autre quai, dominé par un moulin et près duquel un morutier, à la haute mâture, est à l'ancre.

Au fond, on aperçoit un autre bateau de pêche.

Signé à gauche, en bas : *Jongkind, 1870.*

Toile. Haut., 33 cent. 1/2 ; larg., 46 cent. 1/2.

Nº 33. — JONGKIND. *Canal à Dordrecht, effet de lune.*

JUNDT

(G.)

34 — *Avant la noce.*

Signé à droite, en bas, du timbre de la vente.

Toile. Haut., 19 cent.; larg., 24 cent.

Vente de l'atelier Jundt, décembre 1884.

JUNDT

(G.)

35 — *La Rentrée des foins.*

Signé à droite, en bas, du timbre de la vente.

Toile. Haut., 37 cent.; larg., 61 cent.

LAMBERT

(EUG.)

36 — *Deux chats.*

L'un est endormi, les pattes de devant ployées en manchon, l'autre assis sur son arrière-train, le masque attentif, les prunelles dilatées, les moustaches hérissées.

Signé à droite, en haut : *L. Eug. Lambert.*

Toile. Haut., 37 cent.; larg., 29 cent. 1/2.

MOREAU

(GUSTAVE)

37 — *Jeune pâtre italien.*

Signé à gauche, en bas : *Gustave Moreau.*

Aquarelle. Haut., 20 cent. 1/2; larg., 12 cent.

MOREAU
(GUSTAVE)

38 — *La Chaste Suzanne.*

Elle se soulève de son siège et se détourne légèrement, inquiète des cris d'un oiseau rouge, fantastique, qui vient de paraître sur l'eau. Elle est nue sous un pallium enrichi de pierreries et sous une écharpe qui chastement se replie sur les cuisses. Ses pieds, ses jarrets, ses bras, ses mains, ses oreilles, sont chargés de gemmes, de diamants, de perles ; ses cheveux roux sont coiffés d'une tiare de pierreries. Près d'elle, le vase précieux aux parfums dont elle oindra ses chairs virginales, après le bain. Dans l'ombre, on aperçoit les deux vieillards.

Signé en bas, vers la droite : *Gustave Moreau.*

Toile. Haut., 97 cent. ; larg., 66 cent. 1/2.

N° 38. — MOREAU. *La Chaste Suzanne.*

MOREAU

(GUSTAVE)

39 — *Saint Sébastien.*

Les saintes femmes se sont empressées près de saint Sébastien ; elles pansent les blessures par où s'en va sa vie terrestre, et l'adorent dans le martyre qui lui ouvre l'asile d'éternelle félicité. Les trois figures se détachent sur un fond de paysage aux bleus d'émail chaud.

Signé à gauche, en bas : *Gustave Moreau.*

Aquarelle. Haut., 19 cent.; larg., 12 cent.

N° 39. — MOREAU. *Saint Sébastien.*

MOREAU

(GUSTAVE)

40 — ***Jeune fille grecque retrouvant la tête d'Orphée.***

L'abime a rejeté sa proie, et la jeune fille en rapporte sur la lyre muette la tête d'Orphée. Elle est vêtue de rouge, avec des broderies et des pierreries.

Signé à gauche, en bas : *Gustave Moreau.*

Aquarelle. Haut., 19 cent.; larg., 12 cent.

N° 40. — MOREAU. *Jeune fille grecque retrouvant la tête d'Orphée.*

NEUVILLE

(A. DE)

41 — *Le Mot d'ordre.*

Signé à gauche, en bas : *A. de Neuville, 1875.*

Toile. Haut., 52 cent.; larg., 30 cent.

Collection du baron Arthur de Rothschild.

NEUVILLE

(A. DE)

42 — *Mort du général Espinasse, à Magenta.*

Signé à gauche, en bas : *A. de Neuville.*

Toile. Haut., 45 cent.; larg., 56 cent.

Vente de Neuville, 1880.

NEUVILLE

(A. DE)

43 — ***Combat sur les toits (bataille de Sedan).***

Signé à gauche, en bas : *A. de Neuville.*

On lit à droite, en travers : *Floïng, près Sedan, 1874.*

Panneau. Haut., 14 cent.; larg., 24 cent.

Collection Albert Wolff.

REDOUTÉ

44 — ***Le Vase de fleurs.***

Signé à gauche, en bas : *Redouté, 1827.*

Toile. Haut., 70 cent.; larg., 58 cent.

RIBOT

(TH.)

45 — *Vieille paysanne endormie.*

Elle est assise devant sa table, vue de trois quarts à gauche, vêtue de noir et coiffée de toile blanche. Un tablier bleu protège sa robe. Comme elle finissait de manger, le sommeil l'a surprise, et la voilà immobile, la tête légèrement penchée en avant, les lèvres serrées, les paupières closes; ses joues portent en sillons flasques l'écriture ineffaçable des années et des tourments. Elle tient, de la main droite, son couteau, et de la gauche une serviette qu'elle n'a point eu le temps de plier. Devant elle, sur la table, deux poteries de terre vernissée.

Signé à droite, en bas : *T. Ribot.*

Toile. Haut., 47 cent.; larg., 38 cent.

RIBOT

(TH.)

46 — *Confitures et brioches.*

Signé à droite, en bas : *T. Ribot.*

Toile. Haut., 47 cent.; larg., 55 cent. 1/2.

ROUSSEAU

(PH.)

47 — *Les Huîtres.*

Sur une table couverte en partie d'une nappe blanche, des huîtres dans un plat creux, un panier, un pain enveloppé d'une serviette, un couteau à écailler et deux bouteilles de vin.

Dernier tableau de Ph. Rousseau, non signé.

C'est là une fort belle œuvre de ce peintre depuis trop longtemps méconnu.

Toile. Haut., 81 cent. 1/2; larg., 1 mètre.

ROUSSEAU

(TH.)

48 — *Les Gorges d'Apremont.*

Ici, c'est le désert : le sable, comme un tissu souple, mais implacable, couvre le sol, laissant seulement dans les premiers plans émerger les blocs de roche, jetés là au temps de la fable, par la main brutale des Titans. A gauche, le terrain se relève, et, au sommet du monticule, des bruyères s'essayent à pousser au milieu de cette splendeur désolée. Au fond, la forêt, puis, très loin, des collines qui limitent l'horizon.

Dans le ciel, tout radieux de soleil d'été, des nuages s'envolent, ourlés de lumière.

Signé à gauche, en bas : *Th. Rousseau.*

Panneau. Haut., 15 cent.; larg., 26 cent.

Collection Alfred Lebrun.

N° 48. — ROUSSEAU. *Les Gorges d'Apremont.*

ROUSSEAU

(TH.)

49 — *L'Été dans la forêt.*

C'est un matin d'été : les grands arbres aux frondaisons balancées laissent tomber sur le sol aux herbes tenaces tout le concert des nids. A travers les feuillages, le soleil tamise sa lumière d'or, et, sur l'écorce rugueuse ou luisante des troncs, accroche ses caresses blondes. On devine que l'air passe dans ce cadre d'enchantement, vibrant, pleins de murmures et de parfums.

Au fond, on aperçoit entre les arbres une silhouette de femme qui s'éloigne, coiffée d'une marmotte blanche et vêtue d'une cape rouge.

A gauche, dans les premiers plans, un arbre mort dresse encore son tronc brisé, et dont les déchirures semblent teintes du sang de la suprême blessure.

Signé à gauche, en bas : *Th. Rousseau.*

Toile. Haut., 27 cent. 1/2; larg., 22 cent.

Collection Demongermont.

SÉGÉ

50 — *La Barrière du château (Clichy-sous-Bois).*

Signé en bas, à droite : *Ségé.*

Toile. Haut., 50 cent.; larg., 75 cent.

TROYON

51 — *L'Abreuvoir.*

A l'entrée de la forêt, près la mare, la paysanne qui s'en vient, à gauche, en camisole blanche, jupe grise et tablier bleu, conduit ses vaches à l'eau. Il y a là cinq bêtes brune, bai cerise, pie, noire, blanche, qui se hâtent vers la fraîcheur. Le soleil qui décline met des reflets sur leur poil gras : la vache blanche, notamment, est toute illuminée de clartés fauves.

Signé à gauche, en bas, du timbre de la vente.

Toile. Haut., 68 cent.; larg., 92 cent. 1/2.

TROYON

52 — *La Vache blanche.*

Dans un pré, non loin d'un étang, la vache blanche est vue de profil à gauche, la tête relevée horizontalement, les naseaux flairant la brise ; de larges caresses de lumière rampent sur son poil gras, de la croupe aux cornes. Sur le pré aux herbes fauchées, son ombre se dessine. Au fond, à gauche, les arbres d'un bois.

Signé à gauche, en bas : *C. Troyon.*

Panneau. Haut., 31 cent. ; larg., 40 cent.

Collection N. de Rothschild.

N° 52. — TROYON. *La Vache blanche.*

ZIEM

(F.)

53 — *Le Grand Canal, à Venise.*

A droite, les tartanes aux larges voiles rouge, jaune et rose, sont encore à l'ancre, mais déjà les passagers y sont installés ; c'est le matin : au fond, le palais des Doges, dominé par le Campanile, Saint-Marc, puis la Douane et les autres palais qui longent les quais, sont illuminés de soleil blond, sous le ciel bleu, transparent, profond.

A gauche, une gondole met sa ligne sombre sur le miroir de l'eau, toute frissonnante de reflets. Dans la gondole, deux figures vêtues de chemises rouges.

Signé à gauche, en bas : *Ziem.*

Panneau. Haut., 45 cent.; larg., 75 cent.

N° 53. — ZIEM. *Le Grand Canal, à Venise.*

ZIEM

(F.)

54 — *Pêcheurs relevant leurs filets.*

La marée est haute : les pêcheurs se hâtent de « céner ». Ils tirent à terre leurs filets. A droite, plus loin qu'un topo-pêcheur à ligne de fond, qui travaille dans ces parages, on aperçoit Venise. A gauche, sur l'horizon, quelques bragosi dessinent leur voilure aux couleurs vives. Le ciel est bleu, avec d'amples lumières blondes.

Signé à droite, en bas : *Ziem.*

Panneau. Haut., 35 cent.; larg., 64 cent.

ZIEM

(F.)

55 — *Les Flamants.*

Au-dessus de l'eau bleüe, c'est un vol de flamants qui passe ; tout un poudroiement de blanc et de rose, fugitif sur le fond du ciel d'azur. A gauche et au premier plan, on voit des ajoncs et des herbes auxquelles se mêlent des fleurettes.

Signé à gauche, en bas : *Ziem.*

Panneau. Haut., 45 cent.; larg., 75 cent

ZIEM

(F.)

56 — *Les Grenades.*

Signé à gauche, en bas : *Ziem.*

Panneau. Haut., 31 cent.; larg., 47 cent. 1/2.

TABLEAUX ANCIENS

ECOLE ALLEMANDE

(XVIe SIÈCLE)

57 — *Portrait d'une châtelaine.*

Haut., 23 cent.; larg., 21 cent.

ECOLE ALLEMANDE

58 — *Jeune princesse en costume de cour.*

Haut., 42 cent.; larg., 32 cent.

ECOLE FLAMANDE

(XVIIe SIÈCLE)

59 — *Portrait du duc de Lorraine enfant.*

Haut., 1 m. 30 ; larg., 65 cent.

ECOLE FLAMANDE

(XVIIe SIÈCLE)

60 — *Portrait de la duchesse de Lorraine enfant.*

Haut., 1 m. 10; larg., 90 cent.

ECOLE FLAMANDE

61 — *Salomon et la reine de Saba.*

Haut., 13 cent.; larg., 9 cent.

ECOLE FLAMANDE

(XVIe SIECLE)

62 — *L'Annonciation.*

Haut., 39 cent.; larg., 29 cent.

ECOLE FRANÇAISE

(XVIIIe SIÈCLE)

63 — *Portrait du marquis d'Entragues.*

Cadre en bois sculpté.

Pastel. Haut., 1 m. 54; larg., 44 cent.

ECOLE FRANÇAISE

(XVIe SIÈCLE)

64 — *Portrait d'une jeune princesse.*

Haut., 64 cent.; larg., 52 cent.

ECOLE HOLLANDAISE

65 — *Portrait d'homme coiffé d'un turban.*

Haut., 65 cent.; larg., 52 cent.

ECOLE HOLLANDAISE

(XVIIe SIÈCLE)

66 — *Portrait de jeune garçon.*

Haut., 15 cent.; larg., 13 cent.

POELEMBOURG

67 — ***Baigneuses.***

Haut., 22 cent.; larg., 28 cent.

STEEN

(D'après JEAN)

68 — ***Le Roi boit!***

Scène joyeuse composée de quatorze personnages.

Haut., 83 cent.; larg., 1 mètre.

---

69 — Sous ce numéro, tableaux non catalogués.

BRONZES

BARYE

70 — *Ocelot emportant un héron.*

Patine brune, épreuve ancienne.

Haut., 18 cent.; larg., 30 cent.

71 — *Panthère saisissant un cerf.*

Patine vert foncé, épreuve ancienne.

Haut., 39 cent.; larg., 54 cent.

72 — *Tigre surprenant une antilope.*

Patine vert foncé, épreuve ancienne.

Haut., 35 cent.; larg., 53 cent.

73 — *Paysan moyen-âge.*

Patine médaille, épreuve ancienne.

Haut., 33 cent.; longueur de la plinthe, 20 cent.

74 — *Lion de la colonne de Juillet.*

Bas-relief.

Haut., 21 cent.; larg., 42 cent.

MÈNE

(P.-J.)

75 — *Combat de cerfs.*

Patine médaille.

Haut., 25 cent.; larg., 59 cent.

www.ingramcontent.com/pod-product-compliance
Ingram Content Group UK Ltd.
Pitfield, Milton Keynes, MK11 3LW, UK
UKHW021635260726
13994UKWH00003B/1189

9 782329 352466